# 和田悟朗の百句

森澤 程

未完の少年

ふらんす堂

目次

# 和田悟朗の百句

巻き尺を出し切り冬の川に沿う

『七十万年』
昭和43(一九六八)年刊

# 1

第一句集『七十万年』の巻頭の句である。句集名は、化石として七十万年前の地層から発見されたジャワ原人のものが最も古いという説よりとられた。一句は、和田悟朗が捉えた現代人と「巻き尺」と「冬の川」の織りなす景だ。

悟朗は自解句集で、次のように記す。

「この句は戦後まもなくの景であり、生まれ育った六甲山の急斜面を流れる天井川の氾濫を防ぐための技士たちの我慢の景だ」。

# みみず地に乾きゆくとき水の記憶

『七十万年』
昭和43（一九六八）年刊

## 2

「水の記憶」とは、みみず自身のものだが、悟朗の認識を通しての把握でもある。みみずの生態を読者に印象づけるような一句だ。さらにみみずの生死に関わる「乾きゆく」が、人間の体感へも訴えてくる。わたくしの場合、庭をいじっていて、みみずが飛び出るとタジタジする。干乾びた姿をみると痛ましく思う。地中に暮らすみみずの姿が、心身に届く一瞬だ。

「みみず」と「みず」の音の類似がおもしろい。

霧すがりゆく塔上に無人の部屋

『七十万年』
昭和43(一九六八)年刊

## 3

一句は悟朗が、ミネソタ大学に通った三年間（昭和三十九年〜四十一年）に車でワシントンＤＣ、ボストン、アメリカ南部やカナダを家族で旅行したときに出合った景かもしれない。

先ず、超高層ビルや高塔の建設現場で見るタワークレーンの先端部にある操作室とそこへ上る霧の景が浮かぶ。一方でこの句の塔は、西洋の教会や城にある尖塔、仏教寺院の五重塔、三重塔、さらにはバベルの塔など象徴としての塔を思わせる。これは「霧すがりゆく」の「すがりゆく」が人の姿を思わせ、「無人の部屋」を暗喩の領域へと誘うからだ。

現実の光景と共に、超現実的な景も想像できる一句。

腕組む女みずみずしき幹挽く途中

『七十万年』
昭和43（一九六八）年刊

## 4

「腕組む女」は、幹を挽いている女性自身か、幹を挽く人を見ている女性なのか判然としない。しかし、二つの姿が、「途中」という語によって分かち難く浸透し合っている。「途中」を介し、幹の挽かれる時の痛いような感覚が伝わってくるのだ。痛さは「みずみずしき幹」という表現からやってくる。

悟朗は、女性の姿と幹の命を同時に感じている。

敏感の天秤を愛すわれ昨日は森に

『七十万年』
昭和43(一九六八)年刊

# 5

眼前の「天秤を愛す」と「昨日は森に」との対照が鮮やかだ。「敏感の天秤を愛す」には、ごく微量の揺れや均衡を察知する器物への視覚と知覚がある。

一方、「昨日は森に」には、全身の感覚を開放し包み込むような森の空気感がある。「昨日」という時間が新鮮だ。

ミネソタ大学研究室での作で、森は広大なアメリカ北部のものだ。

「敏感の」は後年「敏き」とされた。

敏き天秤を愛すわれ昨日は森に　『諸葛菜』『舎密祭』

# 男女画然と男女たり細きカヌー

『七十万年』
昭和43（一九六八）年刊

# 6

漢詩風の「男女画然と男女たり」と英語訳のような「細きカヌー」の語感の落差が魅力的だ。そしてこの落差を繋ぐ「たり」は古い日本語の助動詞だ。

このような作りのなか、一句には、社会生活の場を離れ、カヌーに乗ることで見えてくる一対の紛れもない男女の姿がある。

カヌーは古代からのシンプルな乗り物なので、男女の姿の違いなども、おのずと浮上し、際立つ。

悟朗はこの句について「アメリカの美しい湖の光景で、実はカヌーを見たのは初めてであった」と自解句集に記す。

秋の入水眼球に若き魚ささり

『七十万年』
昭和43(一九六八)年刊

7

秋水の中へ悟朗の視覚と意識が貫通している。「ささり」は「眼球に」との関係から「若き魚」が実際にささったとも、入水後の人物の眼に「若き魚」がささるごとく見えたともとれる。「入水」、「眼球」、「若き魚」の交わりが、「ささり」という言葉に収斂していく。

この句については、花谷清のすぐれた鑑賞文があり、一句のモチーフは、『二十歳のエチュード』の著者原口統三ではないかと推察している。(「現代俳句」二〇一五年五月号)そして川名大の「入水者は若い女性でなければならない」という鑑賞文(『現代俳句』上・ちくま文庫 二〇〇一年)を追記として主宰誌「藍」に記す。

雲にいどむ少年夜は青き小枝

『現』
昭和52（一九七七）年刊

# 8

少年の昼の姿と夜の姿が共に瑞々しい。

昼の「雲にいどむ少年」の姿には、夢と危うさが同居していて、その先には無限の宙がある。対する夜の少年は「青き小枝」となりぐっすり眠っている。

昼の動態と夜の静止、ここに関わる雲と小枝により、少年の心身の像が描き出されている。

少年とは、昼も夜も地面から少し離れたところに居て、昼も夜も夢の中に居るようだ。

悟朗の思い出の一句に違いない。

# 太陽へゆきたし芥子の坂を登り

『現』
昭和52（一九七七）年刊

太陽へ行くことで太陽への科学上の認識を深めたいのか、それとも太陽に焼き尽くされてしまいたいのか。いずれにしろ太陽への想いが激しい。この想いに「芥子の坂を登り」が続く。芥子には長い歴史と様々な種類がある。食用の芥子の実、医療用のモルヒネ、麻薬にもなる。栽培は四大文明の頃に遡るという。「芥子の坂」にポピーやヒマラヤの青い芥子を思うこともできる。「芥子の坂」の美しさに加え、その多義性が一句の太陽への想いを支えている。

この句からタイトルを取った『太陽の坂道――和田悟朗の俳句から――』という福田基の一冊がある。

山山の木木の神神青き裸ら

『現』
昭和52（一九七七）年刊

文字を眺めて、また口ずさんで飽きない句だ。「山」と「木」と「神」が二字ずつ音符のように並び刻まれる音律が明るい。「青き裸ら」に明確な像はないが、上五からの流れにおいて素朴な人間の姿が思い浮かぶ。「山山」、「木木」、「神神」に囲まれ共に暮らしている「青き裸ら」なのだ。青という色が言語以前ともいうべき記憶を呼び起こす。句の末尾の「ら」が、不可思議な広がりと余韻をもたらしている。

悟朗は、「ある盛夏（昭和四十六年）に全裸で神の山三輪山をひとりで登った」と自解句集に記している。また「奪衣の山」（『現代の諷詠』）というこの句についての随筆がある。

揺れよ車少年ばかり芒めく

『現』

昭和52（一九七七）年刊

# 11

　呟きとも命令ともつかぬ「揺れよ車」である。そして句の背後からは少年と芒の揺れやすさが伝わってくる。芒の揺れはそれとわかるが、少年の揺れやすさは作者の心の中にあるものだ。「揺れよ車」は、心中に居続ける少年により、ふともたらされた呟きなのだろう。

　車の硬質感は、少年や芒の揺れやすさとは対極にある。悟朗は生涯少年の心を持ち続けた人だ。

白鳥や空母浮んでなにもせず

『現』
昭和52(一九七七)年刊

近景の白鳥と遠景の空母が同じ水面に浮かび、全く異なるものでありながら、ある緊張関係で対峙している。「白鳥や」の後にある切れが大きく深い。

古来、白鳥には美や正義と共に死のイメージが付与されている。この白鳥が「なにもせず」という空母の状態と束の間出合っている。空母とは航空母艦のことである。

この句について悟朗は自解句集で次のように記す。

「戦時中日本海軍が健在だった頃の大阪湾での観艦式を六甲山の中腹から見下ろした景と、ミネソタ州のシルバー湖の一万羽ほどの白鳥との別々の記憶から成る」。

死なくば遠き雪国なかるべし

『現』
昭和52(一九七七)年刊

13

悟朗が通ったミネソタ大学は雪深い地にあり、ミネソタ州はいわば雪国だ。

アメリカから帰国して五年後の昭和四十七（一九七二）年、「雪国」の作者川端康成が自死している。悟朗にとって、「遠き雪国」はミネソタ州であり、川端康成の「雪国」を想起させるものでもある。川端康成の死を通して、二つの「雪国」を深く感じることができるのだ。

二重否定にある想いの強さを受け取ることができる作。

かたつむり葉の南端に陽を見張る

『現』
昭和52（一九七七）年刊

*14*

葉からそっと顔を出すかたつむりと化しているような作者の姿に、微笑を誘われる。

「陽を見張る」はコミカルな表現だ。「でんでんむしむしかたつむり」のメロディがふと浮かんだりする。そして日差しを避けるかたつむりの姿も目に浮かんでくる。

方位の特定は、わたくしなどには難しい。しかし、一枚の葉にも南端があり、かたつむりはそれを知っているのだ。

寧楽のみやこ少し外れの畳屋匂う

『現』

昭和52（一九七七）年刊

*15*

「寧楽」は「奈良」の古い表記である。やすらかで楽しくという願いが込められた「寧楽のみやこ」は千年以上も前のものである。現在は平城宮址となっているが、この句の畳屋は「少し外れの」ということで、どの辺りにあるのだろう

畳屋の匂いは日本に固有のもので、一句にある畳屋の匂いもまさに日本の風土や文化が培ってきたものだ。畳屋は、古代の「寧楽のみやこ」の「少し外れ」にあっても、現代の例えば「ならまち」辺りにあってもいい。

素描の杉わが誕生をゆるすなり

『山壊史』

昭和56（一九八一）年刊

# 16

「素描の杉」とは、単にデッサン（素描）された杉という意味ではないだろう。悟朗にとって眼前の杉は、樹齢、幹の太さ、高さを正確に知ることのできない、不可知なものなのだ。この杉の姿は、素描としてしか表現できないのだという息遣いを感じさせる作。科学者和田悟朗の杉を通した自然への敬虔な態度だ。

杉への敬意をもって、みずからの誕生をゆるされたとする和田悟朗の生命観は、人間を中心に置いたものではない。次の句にも、杉に対して同様の想いがある。

杉の中杉棒立ちに秘史あらむ　『現』

日は走り梅林隙間ばかりなり

『山壊史』
昭和56（一九八一）年刊

## 17

「日は走り」の「日」には、天体としての太陽より、神話や童話のお日さまとでもいうべき味わいがある。ここに梅林と隙間の切っても切れない一体感、生命感が生まれている。そして視覚のみでは捉えることのできない梅林のふくらみがある。

無数の梅の枝によって区切られている無数の隙間を走る日の光は鋭くまぶしく、梅の花はふくよかに匂う。「隙間ばかりなり」には限り無い空間がある。

人を断ち土筆の粉をあつめおる

『山壊史』
昭和56(一九八一)年刊

## 18

「人を断ち」の敢然とした表情には、他者のみならず人としての自分をも断っている気配がある。土筆の粉というやや奇異な物を集める姿が印象的だ。この姿は、生物学または植物学専門の研究者のものだろうか。土筆の粉への集中から訪れた無我の境地が、「人を断ち」という表現になっているようだ。悟朗は研究者だったので、句中の人物の心境を理解できるのだ。

土筆の粉は胞子とも言って無性生殖を行うために形成する生殖細胞だという。

かの髪の幾万本に青あらし

『山壊史』
昭和56（一九八一）年刊

「妻死す」と前書のある一句。

悲しみとも怒りともつかぬ感情が、ゆったりとした音律の内に刻印されている。「幾万本」という髪の把握、ここに配される「青あらし」の強い動きは、死者への想いであると共に自らへ向けられているものだろう。

次の句群が続く。

かの口の告らむとせしか合歓の夢

かの眼山懐に涼むなり

かの腕地に還りては立葵

呼気やんであじさいの色道連れに

悟朗は昭和五十二年五月、五十三歳で妻和子と死別している。

かぐわしく少年醒めて蟬の仲間

『山壊史』
昭和56（一九八一）年刊

「かぐわしく」という語に、次の万葉歌が浮かぶ。

橘は花にも実にも見つれども
いや時じくになほし見が欲し　（巻十八）

橘（香ぐの木の実）の花も実もいつということなく見ていたいとする大伴家持の歌に、悟朗の少年への想いが重なる。少年の醒める瞬間のかぐわしさを「蟬の仲間」と捉える感覚は鮮烈だ。

「蟬の仲間」という平易な表現が古語の「かぐわしく」と出合い、少年の姿を生々しく捉えている。

春の家裏から押せば倒れけり

『山壊史』
昭和56（一九八一）年刊

曖昧ながらも一つの景が表出されている。たとえば裏山の土砂崩れで倒れた春の家の景。しかしこれでは、「押せば」という語の主体が明確でなく、一句の抽象性をうまく受け取れない。また、家は構造物でもあるので、解体するときにはこのような状態になるのかもしれない。しかしこのとき「春」であることの意味がはっきりしない。そこで「春の家」にあって見えないもの、家族構成やその情況などを想起させる景としたらどうか。

春は、春夏秋冬の始めにある希望や明るさとは裏腹に、不安定感の漂う季節でもある。

白靴の音なき午後をペルシヤまで

『山壊史』

昭和56（一九八一）年刊

白靴で静かな夏の午後を歩いている内にペルシアまで行ったという一句。ペルシアという複雑な歴史と宗教をもち、日本とはシルクロードでつながる国が、この句の空想の核となっている。

悟朗は、自解句集で「ぼくは歩くのが大好きなので（中略）歩いているあいだにふと良いアイデアが浮かぶことが多く、歩くことはぼくには動く書斎だ」と記す。『和田悟朗全句集』には白靴を履き笑っている写真が載っている。

繭をほどくうす明りして夢ここち

『櫻守』
昭和59(一九八四)年刊

「繭をほどく」という動作から、生糸一本ずつの質感が迫ってくる。そして一句は、蛹が羽化して繭を出るときの不安と期待の入り交じった内面までも想起させる。

変態（メタモルフォーゼ）は、昆虫などの生育過程での現象だが、この句は、羽化する直前の蛹に肉薄している。悟朗は蛹になり切ってこの状態を詠んでいるのだ。

人の心身にも「籠もる」という状態があり、ここから脱出するときには、こんな体験をするのではないかと思わせもする。

# 球面の午後のアンニュイ鳥渡る

『櫻守』

昭和59（一九八四）年刊

# 24

この句の球面は、「鳥渡る」との呼応から、まず人の眼球が思われる。また高所から見た水平線や地球の表面も思われる。どちらともつかぬ「球面」ではある。

一方、「午後のアンニュイ」は、いかにも人間らしい気分だ。散文では成立し難い「球面の午後のアンニュイ」が、「鳥渡る」を通し、俳句形式において成立している。「球面」という抽象的な語と「アンニュイ」という感覚のなせる描像に、自然の摂理ともいうべき渡り鳥の姿が印象的だ。

季語の「鳥渡る」が力強く感じられる。

# 春の雑踏少年竜を思い立ち

『櫻守』
昭和59（一九八四）年刊

## 25

この句の少年は、春の雑踏から逃れるために竜を思い立ったのだろうか。それとも春の雑踏の蠢きを、竜と感じたのだろうか。いずれにしても一句の少年の夢想、白昼夢が健気かつ強烈だ。

少年にはさまざまな特権がある。

「竜」（聖獣・幻獣・魔獣）を想う現代の少年は、瞬間にせよ、「春の雑踏」の主役を演じることができたのにちがいない。

手も足も昔なりけり諸葛菜

『櫻守』
昭和59(一九八四)年刊

諸葛菜は、諸葛孔明が戦乱の行軍にある兵士の野菜不足を避けるため、行く先々で種を蒔いた大根に由来する。この花は紫色で可憐だ。諸葛孔明は三国時代の武人で、「自分の心は秤のようなもので人の都合で上下したりしはしない」という現代に残る言がある。

この句には、悟朗の古代中国の武人への想いが「手も足も昔なりけり」として身体化され、眼前の「諸葛菜」へと投影されている。

『櫻守』には次の句もある。

東 京 を 一 日 歩 き 諸 葛 菜

水底を人と夕月往き交えり

『櫻守』
昭和59（一九八四）年刊

一句の水底の「底」には、水を離れて地面を思わせるところがある。それで水底には別の世界があり、ここを行き交う「人と夕月」が想起させられる。水面に映る人の像は逆さだが、句中の人物は水底を立って歩いているように感じられるところがおもしろい。このとき夕月は、水中にあるのか空にあるのかなどとおもうこともおもしろい。

鏡や水面に映る像をベースに、〈水底〉という別世界を垣間見たような気のする一句だ。

# 喪歌《そうか》響きダリヤのうしろガラス感

『櫻守』
昭和59（一九八四）年刊

「ガラス感」とは、柩のガラスの小窓を直観的に捉えたものだろう。喪歌の流れる葬儀場の祭壇にダリヤが供えられ、その後ろに柩が安置されているのだ。「喪歌響き」と「ガラス感」には、身体の深奥へ届く音律があり、ここに「ダリヤ」という音が沈み込んでいく。

和田悟朗先生の葬儀には、G・ホルスト作曲の組曲『惑星』の「木星」が流れた。柩の先生は、まるで少年のような表情でガラスの小窓の中に横たわっておられた。

# 少年をこの世に誘い櫻守

『櫻守』
昭和59（一九八四）年刊

この世の外にいる少年とこの世にいる櫻守、両者の抜差しならぬ関係が「誘い」という語により迫ってくる。この世を現実の世界とすれば、少年は未だこの世を知らぬ存在だ。このとき櫻守の「誘い」には櫻の如き少年を守り育てる際の優しさと覚悟がある。これは他ならぬ「櫻守」という言葉によって引き出されるイメージだ。

櫻は、この世の生そのものを暗示し、世阿弥の「まことの花」と「失せざらん花」を意識させもする。

永劫の入口にあり山さくら

『法隆寺伝承』
昭和62（一九八七）年刊

## 30

『法隆寺伝承』巻頭の句。

永劫という終わりのない時間に入口があるとされることで、ここに立ち止まらされ、瞬間の門とでもいうべきトポスを想起させられる。この入口にある「山さくら」は、さながら初めて見るもののようだ。「さくら」の清音が清々しい。

時間という見ることも触れることもできないものを「入口」と「山さくら」という語で捉え得た句だ。

和田悟朗は『法隆寺伝承』を上梓した年に、奈良女子大学を停年退官している。

# 方正の伽藍へ飛ばす杉花粉

『法隆寺伝承』
昭和62(一九八七)年刊

一句の表現上の要は「飛ばす」だろうか。「飛ばす」は、他ならぬ杉自身が飛ばした杉花粉で、飛ばされる「方正の伽藍」は法隆寺である。ここには人間の視覚を重視する近代の表現主体というものの気配がない。悟朗はこのことに意識的であり、面白がってもいる。

杉花粉は、アレルギー反応を起こす。まるで「方正の伽藍」がくしゃみをしているようにも思える句だ。これは現代的な読みかもしれないが。

少年や紫《し》雪《せつ》を浴びてまぼろしに

『法隆寺伝承』

昭和62（一九八七）年刊

少年と「紫雪」との関係が、化学反応式のように表現されている。この「紫雪」という不老長寿の秘薬のことは、法隆寺伽藍縁起幷流記資財帳（天平十九年）に載っている。正倉院所蔵の誰も見たことがないまぼろしの薬で、高貴なものの中でも高貴な薬とのこと。

少年は、この紫雪を自らの意思で浴びたのだろうか、それとも誰かに浴びせられたのだろうか。

どちらにせよ不老長寿の秘薬によってまぼろしとなったという皮肉な結末には、少年ならではの儚さが漂う。

玉虫厨子いずこの山も故郷かな

『法隆寺伝承』
昭和62(一九八七)年刊

「大宝蔵殿　玉虫厨子四句」という前書の内の一句。

飛鳥時代に造られた玉虫厨子への想いが「いずこの山も故郷かな」にある。昔も今も山に暮らす玉虫。この玉虫を厨子に想う悟朗は、千四百年の時の流れの深部に居る。玉虫厨子の玉虫はその姿が時を経て消尽しても、名を厨子に遺し、法隆寺に安置され続けるだろう。

次の三句がつづく。

文様の絡める中に虎伏せり

玉虫の幾万匹に恵みなき

輝きて翅搒《むし》らるる虫螻《けら》よ

塔百萬造りて並べ芹薺

『法隆寺伝承』
昭和62（一九八七）年刊

「百萬塔五句」の内の一句。

百萬塔は、七六四年藤原仲麻呂の乱を鎮めるため称徳天皇によって発願され、七七〇年に完成した百万基の塔。現在は法隆寺に伝来した四万数千基が残るが、多くは寺外に所蔵されているという。

一句は、百萬塔の完成という古代の出来事を「造りて並べ」というリアルな表現の内に捉えている。そしてここに「芹」「薺」という新年の七種の植物を配し、一挙に古代を引き寄せている。

春めくや百済観音すくと立ち

『法隆寺伝承』
昭和62(一九八七)年刊

35

「百済観音像八句」の内の一句。

詠み口がすんなりとしていて、百済観音の姿そのもののような句だ。当時日本に大きな影響力のあった百済という国名がつけられた観音のゆるぎない像だ。

次の二句には、百済観音に対峙し、内面へ遡行することで得たイメージの展開がある。現実の像から解き放たれた百済観音には、現代を生きる作者の感覚が投影されている。

水瓶《すいびょう》を捨てよ長身過ぎるなり

竜巻のねじれてのぼる天衣《てんね》かな

魔女にして頬突く指の美しき

『法隆寺伝承』

昭和62(一九八七)年刊

「中宮寺三句」の内の一句。

中宮寺の弥勒菩薩半跏思惟像を魔女と捉えた作。

フランスの精神科医で精神分析家J・ラカンは、来日の際この菩薩に対し男か女かという疑問を抱いた。帰国後「リチュラテール」（一九七一年）の講義でこの疑問と印象が詳しく語られたという（『文字と見かけの国――バルトとラカンの「日本」――』佐々木孝次著）。

J・ラカンの率直な疑問、和田悟朗のアイロニカルな讃美、共に弥勒菩薩像の魅力を物語るものに違いない。

わが摘めば人麻呂も来て土筆摘む

『法隆寺伝承』

昭和62(一九八七)年刊

「土筆摘む」という行為を通じて、柿本人麻呂との出会いが詠まれている。人麻呂は、悟朗にとって特別な存在なのだ。この想いが一瞬の映像となり出現している。春の野の二人の語らいが聞こえてきそうだ。自らの内にある人麻呂のイメージが、直観的に詠出された一句だ。和田悟朗にとって人麻呂は常に親しい存在でもある。

雪無尽人麻呂の山光り出す　『山壊史』

崑崙《こんろん》の面《おもて》すさまじ人麻呂忌　『法隆寺伝承』

わが庭をしばらく旅す人麻呂忌　『即興の山』

人麻呂や月の磐根《いわね》を枕とし　『人間律』

太古より墜ちたる雉子の歩むなり

『法隆寺伝承』

昭和62（一九八七）年刊

「墜ちたる」により、太古が場所のようだ。異次元とも言える太古（有史以前の昔）だが、一句には雉子の姿がリアルだ。

「太古より墜ちたる」という措辞により一挙に時空を超えた雉子。この雉子を眼前のものとして現実化しているのは「歩むなり」である。目の前をひょこひょこ歩く雉子、それは悟朗にとって「太古より墜ちたる雉子」である。自解句集『舎密祭』では〈太古より墜ちたる雉子《きぎす》歩むなり〉となっている。

逝く春を病院の出口まで見て

『少閒』
平成5（一九九三）年刊

「逝く春」という時間の流れを「病院の出口まで見て」と捉えた作。

自解句集で、悟朗はこの句について次のように記す。「このころ些か激務がたたって、呼吸器官の障害で入院することがあった。呼吸困難が続いた」。

一句の悟朗は、病室の窓から「逝く春」の姿を見ていた。そして退院はできないものの病院の出口までは行くことができたのだ。

「病院の出口」の内と外にあるさまざまな「逝く春」の姿が想像される作。

# 古時計鳴るにんげんの春の声

『少閒』
平成5（一九九三）年刊

# 40

古時計はネジを巻いて動かす。カチカチという音、時刻を告げる音も鳴る。時と場合によっては気にさわる音でもある。しかし、だからこそ懐かしいのかもしれない。デジタル時計や電波時計がない時代、家に居る時はほぼこの時計の音と共にあった。

一句の古時計の音と「にんげんの春の声」は共にあり、一体化している。

次の句には電波時計が「目敏くて」と詠まれている。

星月夜電波時計の目敏くて　『風車』

夏至ゆうべ地軸の軋む音すこし

『少間』
平成5(一九九三)年刊

41

見たことのない地軸の軋む音が聞こえてきそうな一句。夏至は一年で最も昼が長い日なので、夕方には地軸も疲れて軋んだのだろうか、と想像できる。これは地球儀を通じて地球を貫く一本の傾いた軸をイメージできるからに違いない。

南極と北極を結ぶ地球の自転軸である地軸の働きが、日常の言葉に翻訳され、聴覚を通じ、一句に移し替えられている。

黒白の齋藤茂吉雪降れり

『少閒』
平成5（一九九三）年刊

齋藤茂吉の生涯は、公私ともに激しいものだった。医学者としてドイツやオーストリアへ留学。一方で万葉集の研究をするアララギ派の歌人であった。

それにしても「黒白の齋藤茂吉」とは大胆な表現だ。悟朗は自解句集で次のように記す。

「茂吉の晩年の写真のぼうぼうのひげは黒と白の混沌だ。そしてこの茂吉の風貌が好きだ」と。

「黒白」は、茂吉の故郷、山形の雪景色を思わせもする。

次の句は、「阪神大地震　九句」の内の一句。

氾　濫　の　茂　吉　全　集　庭　に　梅　『即興の山』

囀りに《山や死にする海や死にする》

『少間』
平成５（一九九三）年刊

43

鯨魚《いさな》取り海や死にする山や死にする
死ぬれこそ海は潮干て山は枯れすれ（万葉集巻十六）

掲出の万葉歌（旋頭歌）の意は「海は死ぬであろうか。山は死ぬであろうか。死ぬからこそ、海が干るし、山は草木が枯れるのである」というもの。

悟朗句は、この万葉歌を藉りて成立している。万葉歌の「鯨魚取り」は海の枕詞、悟朗句では「囀り」が「山」の枕詞のように置かれている。この「囀り」が旋頭歌の問答と共鳴し、古代のイメージを呼び起こす。

# 大学に鹿三頭の合格す

『少間』
平成5（一九九三）年刊

## *44*

奈良公園界隈では人間の近くに鹿が居る。その距離感はペットとは異なる。鹿の獲得形質によって、鹿と人間が特定の関係を持つことなしに公園を共有しているのだ。

奈良公園から少し離れて奈良女子大学がある。ここまで鹿が来ることは少ないのだろうが、折しも合格発表のキャンパス内に来た三頭の鹿に、「合格す」という判定がくだされた。この判定は、和田悟朗先生によってくだされたものだ。悟朗先生はこの大学の理学部の教授であった。自解句集には「合格発表を喜ぶ受験生の写真が新聞に掲載され、その中に鹿三頭も写っていた」と記されている。

無人踏切無人が渡り春浅し

『少閒』
平成5（一九九三）年刊

かつて人の力で遮断機を操作した有人踏切があった。

この句を模し「有人踏切有人が渡り春浅し」は俳句といえるだろうか。

一句は、人の不在の像を「無人」とし、この像が無人踏切を渡っているという。「無人」が「無人踏切」に言葉として呼応、自立し、一人歩きをはじめることで成立している句だ。「春浅し」に無人踏切の透明で肌寒い空気感があり、一句の像の生成に一役買っている。

我を容れ全山すでに汗をかく

『少間』
平成5（一九九三）年刊

全山と我の区別がない一句。山も汗をかくのだ、それも全山が……。この感覚をどう受け止めればいいのだろう。俳句の形や文法の上でおかしいところはない。読み終えたときその奇妙さに気づくが、どうしようもない。我と全山と汗との関係があまりにも平然と堂々としている。

「汗をかく」という体感を通じ血の通ったともいうべき山との一体感を表出している句なのだろう。この経緯は、おそらく俳句にして可能なものだ。

萌ゆる山ひとりのときは鬼景たり

『即興の山』
平成8（一九九六）年刊

「兜子忌」と前書。次の句は昭和五十六年の兜子の句。

心中にひらく雪景また鬼景　赤尾兜子

赤尾兜子の卒業論文は唐の詩人「李賀」についてで、倉石武四郎、吉川幸次郎門下だったと悟朗先生から聞いた。李賀は写実を重んじる漢詩の伝統にあって幻想的な作風をもち鬼才といわれた。

兜子句の「鬼景」が、悟朗句では「ひとりのときは」という限定の内にある。両者の人柄が「鬼景」を詠む角度に投影されている。兜子への挽歌ともいうべき作。

蛇の眼に草の惑星昏れはじむ

『即興の山』
平成8(一九九六)年刊

蛇の眼に映る草原を、宇宙から俯瞰したような「草の惑星」としている。微視的な景から巨視的な景への転換の後、一句は静かに昏れてゆく。

蛇の眼は丸く小さく瞬かない。地を這う視線は低く、その姿は人間とは隔絶している。恐竜の時代から生息しているという蛇は、神話や伝説に多く登場し象徴性の豊かな生物だ。この蛇の象徴性が、人類の絶えた後の「草の惑星」とでもいうべき近未来の景をも思わせる。

膨脹を思いとどまる茄子かな

『即興の山』
平成8（一九九六）年刊

茄子にある丸味はやさしくきれいで、美味しさも感じさせる。

が、一句の茄子は、このような視点とは異なる角度から詠まれている。茄子が主人公なのだ。

茄子の成長は膨脹と共にあり、ある点に至るとそれが止む。このときの状態が「思いとどまる」と捉えられており、茄子の自己防衛のような気持ちとしておもしろい。

これ以上膨脹すると茄子でなくなるという茄子の想いは、どこかやるせなくもある。

即興に生まれて以来三輪山よ

『即興の山』
平成8(一九九六)年刊

古代大和の神の山としての三輪山が、悟朗のひと息、ふた息の息遣いの内にあっけらかんと詠出されている。この姿は、かつて裸身で三輪山に登った悟朗の心身が摑んだ三輪山の生命そのものかもしれない。

「即興」に喚起される地球の瞬時の活動、「以来」にある時間の悠久な流れ。これらが五七五のリズムに乗り、波動となり三輪山が迫ってくるようだ。

閏《うるう》秒もて相隔つ去年今年

『即興の山』
平成8(一九九六)年刊

閏秒は、協定世界時（原子時）と世界時との差を調整するため追加もしくは削除される秒で、一九七二年より（最近では二〇一七年）二十七回の調整が行われているという。

以下は、悟朗先生が笑いながら話してくださったこと。「六林男さんから閏秒について教えて欲しいという電話が何度かありその都度懸命に説明した」と。

一月一日八時五九分六〇秒

一秒だけつきあいたまえ閏《うるう》一月

鈴木六林男
『一九九九年九月』

爆弾をよけたる我に夏景色

『即興の山』
平成8(一九九六)年刊

52

和田悟朗は、昭和二十（一九四五）年八月十四日、大阪の京橋駅で空襲に遭った。青年悟朗は、防空壕に辺りの人をかくまったが結果として外に居たため助かった。防空壕の跡には大きな穴があり人影は見当たらなかったという。

「爆弾をよけたる我」という記憶の中には爆弾をよけられずに死んでいった人たちが常にいる。この非情な光景が「夏景色」として悟朗の心に焼きついているのだ。悟朗にとって永遠の「夏景色」である。

野菊とは雨にも負けず何もせず

『即興の山』
平成8（一九九六）年刊

# 53

野菊へ諧謔味をもって迫った一句。

宮沢賢治の「雨ニモマケズ」を受容しつつ、悟朗の詩精神が吐露されている。賢治の詩のフレーズと絡み合いよじれ合う意味と律動がある。「何もせず」こそ悟朗が言いたかったことであり、この措辞により「野菊」は賢治をはなれ悟朗のものとなったのではないだろうか。

実際の野菊は、可憐な姿だが、摘んで瓶に挿すと水揚げもよく次々に花を開く逞しい花だ。

縞馬に生まれ春愁層をなす

『即興の山』
平成8（一九九六）年刊

54

縞馬を通し「春愁」が縞模様として出現している。縞馬の姿態とはまるで似つかない「春愁」ではある。が、このように表現されると、縞馬に妙な親しみが湧く。「春愁」が縞馬の模様から抜け出てきて人間に迫ってくるようだ。

悟朗の内なる「春愁」は層をなすものであり、それが縞馬の縞模様を見て喚起されたのかもしれない。

寒暁や神の一撃もて明くる

『即興の山』
平成8(一九九六)年刊

55

「阪神大地震　九句」の最初の一句。
「神の一撃」はおそらくこれに代わるもののない表現だ。地震は「神の一撃」という悟朗の直感によって把握され言語化されたのだ。

霜夜明け生き残り人となりいたり
氷河のごと蔵書流れて襲いきぬ
仏壇の転がっている冬日中

これらの句の「生き残り人」、「蔵書」、「仏壇」は、かつて戦争を体験したことを思い起こさせ、それは、震災という自然の脅威を目の当たりにした感覚とも通じあうものだ。

劫灰に霜を置くなり地の愛は

『即興の山』
平成8（一九九六）年刊

「劫灰」は、唐代中期、李賀の漢詩「秦王飲酒」の一節「劫灰飛尽古今平」にある漢語。この世の終わりには大火が起こって一切を焼き尽くし次にまた新しい世界ができる。その火が劫火であり、劫灰とは、その後に残った灰のことを指す。

この句は、阪神淡路大震災後の「劫灰」へ降りた霜を「地の愛」としている。「地の愛」とは自然からの人間社会への慈しみを指すものであり、悟朗はそこに救済の光を見出そうとしている。次の句もある。

活断層よせいせいしたか冬怒濤

青梅やころげて自我の果てをゆく

『即興の山』
平成8（一九九六）年刊

「青梅や」からは、すずなりの青梅が見えてくるようだ。この青梅の一つが落下し「ころげて自我の果てをゆく」という。「青梅」の擬人化である。

親ともいえる梅の木から落下しころげて一個の自我となった青梅……。「自我の果て」という人間の領域に関わるものが、ころがる青梅の姿に投影されている。

一句は揮毫され掛軸となり、和田家の座敷の床の間にあった。この座敷で「風来」誌の校正が行われた。悟朗先生も一緒である。亡くなられる前の年「ぼくはやっと俳句が面白いと思えるようになったよ」と、ふと呟かれたことを思い出す。

髄《すね》長き男涼めり亡びずや

『即興の山』

平成8（一九九六）年刊

## 58

「富《とみ》雄《お》邑《むら》」と前書のある連作のひとつ。この地にはかつて長髄彦（ナガスネヒコ）という神がいた。再三の攻防の末、神武天皇に平定される。一句ではこの神が今ここにいるごとく詠まれ、疑問とも詠嘆ともつかぬ「亡びずや」と表現されている。阪神淡路大震災後、引っ越して来た生駒の地を悟朗はよく歩き廻ったという。悟朗にとっては神もまた隣人であるかのようだ。

かつて生駒山系を治めていたナガスネヒコだが、時代を下り、この地は前鬼、後鬼という役行者に連なる人物を輩出している。

118 — 119

ローマ軍近付くごとし星月夜

『即興の山』
平成8（一九九六）年刊

## 59

甲冑を身に着け、馬に乗ったローマの軍団は、すべてローマの市民権を持つ者によって編成されたという。星月夜を仰ぎつつ悟朗は、ローマ軍が自分に近付いてくるようだと感じたのだろうか。それともローマ軍が星月夜へ近付いていくのか。いずれにしても時空を超えて遊ぶ悟朗の詩心が生み出した一句である。深々と澄み渡った「星月夜」に抱かれての夢想だ。

120 — 121

後輩へ仮面を伝え世はさくら

『坐忘』
平成13(二〇〇一)年刊

仮面とは何か。まず考えられるのは可変性をもっていろんな場面で、他者や物事との関係性を実現する際のスキルとなり、内面化し体感ともなってゆく仮面だ。

一方、仮面はペルソナとして具体的かつ特定のものの見方を備えた現実の人格をも指す。

一句の仮面はどちらをも指しているようだ。

桜の咲く頃新たに人の世を歩んでゆく後輩へのメッセージとしてこの句はある。

空白や賢治は下の畑に居る

『坐忘』
平成13（二〇〇一）年刊

# 61

岩手県花巻市羅須地人協会の宮沢賢治の家。玄関の掲示板には「下ノ畑ニ居リマス」と書かれている。これは賢治が家に不在の時に彼に会いに来た人が会えるようにという配慮からだという。わたくしも見たことがある。
悟朗は、かつて大学で担任した女性たちと東北旅行をした。そして一行と別れ花巻市を訪ねた。そして賢治の家の掲示板を見て、指示通り下の畑に行った。そこで賢治の永遠の不在を感じたのだ。その時の想いが「空白や」に凝縮されている。次の句が続く。

われらもしチェリリノブイリの寒さの夏

「寒さの夏」は宮沢賢治の詩「雨ニモマケズ」からの引用

前方に蟬後円に蛇安らげる

『坐忘』
平成13（二〇〇一）年刊

# 62

前方後円墳の夏の景だ。薄葬令以前の前方後円墳は広大だ。我家の近くには見瀬丸山古墳があり、この上を散歩することができる。まるで丘のようで、まさに前方部には蟬が鳴き、森のような後円部には蛇が棲んでいそうだ。「安らげる」は大きな古墳がもたらす静けさによる。

「前方」と「後円」への蟬と蛇の配置に思わず目を見張る。死者のものである古墳に蟬や蛇の生きものとしての安らぎを見出す悟朗は、古墳時代と現代、さらには生と死をも峻別していないかのようだ。

遠泳やついに陸地を捨ててゆく

『坐忘』
平成13（二〇〇一）年刊

遠泳に没頭してゆく人物の姿が放つエネルギー。この人物の行方がいつまでも余韻となって残る。

海の広さと波の動きの中にあるのは、遠泳の途上にあってとうとう陸地の見えないところまで来てしまったことからくる忘我の境地とでもいうべきものだろうか。「陸地を捨ててゆく」に至る海での計り知れない時間と心身の姿が、読者の深層部に迫ってくる。

# 杜若対称軸を正しうす

『坐忘』
平成13(二〇〇一)年刊

64

一木の杜若を眼の前にした「対称軸を正しうす」は、悟朗の観察を通して感嘆に至った表現だ。この句に沿って杜若を眺めると、真っ直ぐに立つ茎が対称軸となり、左右対称の立ち姿の美しさとその立体性を感じることができる。

また、尾形光琳の「燕子花図屏風」が思い出されるが、こちらには燕子花の並び立つ美がある。光琳の絵は「伊勢物語」（九段）が背景にある。次の悟朗句は、光琳の絵をおもわせる。

水に水を足し遠心のかきつばた　『櫻守』

原爆忌ぼくは他のこと思えりき

『坐忘』
平成13(二〇〇一)年刊

# 65

季語ともなっている「原爆忌」が、和田悟朗独自の角度から詠まれている。

一句は、「原爆忌」を当日のリアルな自分の状態と切り結び、敢えて他のことを思っているという内容だ。しかし同時に「他のこと思えりき」にあるのは、原爆投下に対する耐えられない程の痛烈な思いとも感じられる。

言わば反照的均衡表現ともいうべき内容を以て「原爆忌」の重さを伝える作。

# 鬼やんま眼球衝突せんばかり

『坐忘』
平成13（二〇〇一）年刊

「眼球衝突せんばかり」が、鬼やんまの二つの大きな眼をクローズアップしつつデフォルメしている。このデフォルメは、眼球の中にある複眼同士が衝突しそうだという様相をも想像させる。悟朗は自解句集で「顔じゅう眼だらけというよりも眼球のすき間に顔がある、といったほうがよいという感じだ」と記す。

童心をもって鬼やんまの姿を捉え切った作。

鬼やんまの学名は、Anotogaster sieboldii だという。

行くほどに長き無意識白椿

『坐忘』
平成13（二〇〇一）年刊

この句の「無意識」には、「行くほどに長き」とされることで計測のできない時間が暗示されている。また際限のない空間を感じさせもする。手元の哲学辞典の「無意識」の項には「気づかれていない心的過程をいう」とある。フロイトの精神分析上の無意識などとは別に、一句の「無意識」には言語化できない茫漠とした時空間が広がる。この「無意識」にあることで、「白椿」の清冽さが現実の姿よりかえってくっきりと感じられる。

次の句には「無意識」と「鶏頭花」の出合いがある。

無意識の中のくれない鶏頭花　『疾走』

藤の花少年疾走してけぶる

『坐忘』
平成13（二〇〇一）年刊

この句において「けぶる」のは少年だ。しかし「けぶる」という言葉が喚起するのは「藤の花」である。少年はあるいは藤の花の呪縛から逃れようとして疾走しているのかもしれない。藤の花の美しさ、蔓の強さは古くから歌に詠まれ、藤娘という妖艶な日本舞踊もあり、いわば女性の象徴ともいうべき花だ。

一句の「藤の花」に対する「少年」はいかにも儚い。少年は疾走し、藤の花は千年をこえて地に根づく。しかし悟朗は、「けぶる」という語をもって両者を愛でている。

馬酔木咲く酔生夢死を押し通す

『人間律』
平成17（二〇〇五）年刊

馬酔木は有毒植物である。馬が食べれば酔うようにふらつくことからの命名だ。「酔生夢死」は、宋の程顥《ていこう》の「程子語録」にあり、酔ったように夢心地のまま何一つ有意義なことをせず一生を終えること。

一句は、馬酔木と酔生夢死の「酔」に、「押し通す」という自恃と自虐の綯交ぜになった心境を対置させている。この心境が人のものとも、馬酔木のものとも判然としないところに悟朗の表現意識がある。

初蝶や人に出会いてのち逸る

『人間律』
平成17(二〇〇五)年刊

## 70

前掲の馬酔木の句と同様この句にも、蝶と人との出会いをどちら側から捉えているのか分からないところがある。

「初蝶」は人が眼で捉えたものだが、中七下五は初蝶自身の心境としても読める。この蝶は羽化して初めて人に出会ったのち逸ったのだ。逸った理由は不明だが、少なくとも作者の気持ちが投影されている。悟朗が初蝶か、初蝶が悟朗か……。

荘子の「胡蝶の夢」に通じる一句だ。

142 — 143

一軒の建つこと早し桃咲いて

『人間律』
平成17（二〇〇五）年刊

家の出来上がってゆく過程は見ていて興味深い。大変だという感じも持つが、出来がってしまえば「一軒の建つこと早し」という気持ちにもなる。「早し」という感覚の把握が的を射ている。

そして、この光景を共有した建築従事者、家の施主、近所や通りがかりの人に流れたそれぞれの時間と、「桃咲いて」という季節の中にある時間の流れが、一句の背後で交差している。

本句集の「あとがき」には、「人間だけが持っている空間と時間の概念は不思議という他はない」とある。

# 舌を出すアインシュタイン目に青葉

『人間律』
平成17（二〇〇五）年刊

一九五一年三月十四日、七十二歳の誕生日当日、アインシュタインは新聞記者に笑顔の写真を撮らせてくれと頼まれ、照れ隠しに舌を出した。アインシュタインは、新聞に掲載されたその写真をとても気に入ったという逸話がある。

アインシュタインはドイツのウルムの生まれで、この地のカーニバルでは舌を出した仮面をつける。

「舌を出すアインシュタイン」と「目に青葉」の取り合わせが斬新だ。アインシュタインの写真から想を得た「目に青葉」について、「おそらく傍らの新芽を出したマグノリアの葉の色であっただろう」と悟朗は自解句集に記す。

# 青山に入りて白日重信忌

『人間律』
平成17(二〇〇五)年刊

高柳重信は、昭和五十八(一九八三)年七月八日、六十歳で亡くなっている。悟朗と同じ大正十二年生まれである。重信は弾圧直後の新興俳句に接近し、戦後は富沢赤黄男に師事、「俳句評論」、「俳句研究」の編集に携わった。悟朗は昭和三十三年、重信の「俳句評論」創刊時に同人として参加している。

一句は、当時、現代俳句の前衛として先鋭な批評や多彩な俳句を展開した重信への献辞だ。「青山」は青々とした山、または墓域、「白日」はくもりない太陽、白昼。「青山白雲」「青天白日」など青と白の組み合わせには晴朗感が漂う。

# 爆裂の霊戻り来よ敗戦日

『人間律』
平成17（二〇〇五）年刊

「八月十四日、ＪＲ京橋駅爆撃追悼三句」の内の一句。悟朗は、終戦日の前日、京橋駅でＢ29機の空襲に遭った。その後よく訪れたという京橋駅の慰霊碑での作だ。爆死した人の霊とそこに流れた時間を悼む悟朗の痛覚としての一句。「霊」は、爆裂し飛散したものであると同時に全きものとして悟朗の心に在り続けているのだ。

この句の後には次の句がつづく。

飛散せし時間つどいぬ慰霊塔

いくたびも九死に一生流れ星

闇石忌最後の姿背の高き

『人間律』
平成17（二〇〇五）年刊

75

橋閒石は、正岡子規、高浜虚子に始まる近代俳句とは異なる系譜の俳人だ。神戸市の俳諧師寺崎方堂と出会い、素風と号し、俳諧と連句に打ち込む。その後俳誌「白燕」を創刊、主宰、代表を務め、前衛俳句に連なったという異色の俳歴をもつ。英文学の研究者、随筆の名手、そして俳諧研究者でもある。

一句の「最後の姿背の高き」には、感覚や情感が希薄で、あるのはその人の輪郭だけだ。あっさりとした師の最後の姿ではあるが、却って深い心情が伝わってくる。

次の句にも閒石を淡々と偲ぶ姿がある。

城跡に高校白し閒石忌　『風車』

自律の眼自律のつばさ蠅生る

『人間律』
平成17(二〇〇五)年刊

「自律の眼自律のつばさ」は、蠅の生まれる過程にあるもので、「自律」は、自律神経の自律のように生命に備わっている機能を指す。

一句からは蠅の眼やつばさに対する悟朗ならではの想いが「自律」のリフレインによって強く伝わってくる。

さらに一句の「自律」は、カント哲学の人間の意志の自律という概念の比喩と思わせる面もある。

# 人間であること久し月見草

『人間律』

平成17(二〇〇五)年刊

「人間であること久し」の後の切れには、時間の停止に近い感触がある。そしてこの切れの中へ月見草が忍び込んでくる。

月は、地球の唯一の衛星として様々なイメージを喚起しつつ、人間と共にある。月見草はその名の通り月に因んだ花だ。悟朗は「月見草は、人間によく似合う」とでも言っているようだ。

季語を違えて次の句がある。

人間を休む一日朴落葉　『風車』

# 機関車の軌跡は消えず　鬱王忌

『人間律』
平成17（二〇〇五）年刊

大雷雨鬱王と会うあさの夢　赤尾兜子『歳華集』

「鬱王忌」は赤尾兜子のこの句からとられたのだろう。兜子の年譜には「昭和56年3月17日午前8時5分、自宅付近の踏切にて急逝」（『赤尾兜子の世界』和田悟朗編著）とある。「鬱王」は漢籍に通じる兜子らしい造語で、兜子句の「あさの夢」には、鬱の絶望の極みにおける透明感や矜持も感じられる。

「機関車の軌跡」に、次の句を思う。

機関車の底まで月明か馬盥　赤尾兜子『歳華集』

盆梅や家の中にて猛樹たり

『風車』
平成24(二〇一二)年刊

形を整えるのを怠ってしまった盆梅に限らず、家の調度や雰囲気によっても盆梅は猛樹となり得るのだ。

盆梅や咲くことやめず死にながら　『坐忘』

この句の「死にながら」には、古木ゆえの幹や枝の姿が感じられる。ともかくも戸外の梅の花に比べると盆梅の花は異様ともいえるサイズだ。

高浜虚子の句に「盆梅の衣冠正しき姿かな」がある。詠む視点の違いはあるが、「盆梅」の本質へと両者の句は通底している。

# たましいと立体交差して糸瓜

『風車』
平成24（二〇一二）年刊

棚にたくさんぶら下がっている糸瓜が先ず浮かぶ。そして、糸瓜にぶつからないように「たましい」が行き来している景を想像することができる。

そして、破調の強さの内にある「立体交差」という現代的な表現が、「たましい」と「糸瓜」の様子を端的に捉えている。

一句の「糸瓜」に子規庵を思い、「たましい」に子規にゆかりの漱石、虚子、碧梧桐などを偲ぶこともできる。

這いまわる台風はるか祭笛

『風車』
平成24(二〇一二)年刊

「這いまわる」という台風の動きが生々しい。この生々しさは、テレビや新聞、ネットなどに台風の目や間隔の狭い等圧線が表示され、予想進路を知っていることからくるものだろう。句中には祭笛の音と台風の音が場所を遠く違えつつ響き合っている。

和田悟朗は台風を多く詠んでいる。その内の三句。

台風をよろこぶ心吹かれおり　『坐忘』

台風や地球の水を繰り返し　『風車』

未体験巨大台風ＮＨＫ　『疾走』

特攻の男を想え鶴ひとつ

『風車』
平成24（二〇一二）年刊

悟朗は昭和二十（一九四五）年、二十二歳のとき特攻隊員だった友人の死を体験している。死の介在する感情の極みにあって、一句は静謐だ。

「想え」の後の切れが深く鋭い。ここに続く「鶴ひとつ」には特攻機の姿が重なる。「ひとつ」には一機とも一羽ともつかないニュアンスがあり、ここに祈りが託されているようだ。

「特攻の男」と「鶴ひとつ」が「想え」を挟み、人と鶴の命の姿を伝えている。

ゲルニカや人馬は立たず春立たず

『風車』
平成24(二〇一二)年刊

スペインのゲルニカは、ナチス軍による最初の無差別爆撃を受けた小都市だ。この句からはピカソの「ゲルニカ」が思われる。デフォルメされ、画面いっぱいに散らばった人と馬はまさに「人馬は立たず」といった感じだ。

さらに「人馬は立たず」の「立たず」が「春立つ」という季語に逆立する表現を引き出している。

そして一句は、ピカソの絵と共に、爆撃を受け廃墟と化したゲルニカの町そのものの様子を彷彿とさせる。

虫めがねもて見る虫のすね毛かな

『風車』
平成24(二〇一二)年刊

虫めがねで他ならぬ「虫のすね毛」をみるという心意気の一句。リズムがよく「かな」が軽やかで明るい。少年の無邪気さや悪戯心を感じさせる句だ。だが少年がつくることのできる作品かというとそうともいえない。生涯を俳句と共に歩んできた和田悟朗にして成せる一句だ。

句集『風車』は読売文学賞を受賞した。授賞式の壇上で選考委員の荻野アンナ氏がこの句を朗誦し、笑いをこらえて選後評をした姿が思い出される。

火祭やひた走らねば村亡ぶ

『風車』
平成24（二〇一二）年刊

「往馬大社」と前書。悟朗は阪神淡路大震災の後、奈良県生駒市に移り住み、近隣の地をよく散歩したという。この散歩圏に往馬大社はある。

一句の「火祭」の起源は七世紀末に遡り、上座下座に分かれた御輿が駆け抜けた後、松明を持った二組が石段を駆り下りる速さを競うのだという。

「ひた走らねば」という動きに「村亡ぶ」が続くことで、火祭の存続の意義と困難さも内包されている。

田を植えず向日葵蒔かず核持たず

『風車』

平成24（二〇一二）年刊

否定の三重奏である。核という語には、様々な概念や意味があるが、「田を植えず向日葵蒔かず」から「核の時代」とか「核兵器」に使われる「核」だと思われる。稲や向日葵を植えるという生活において、向日葵の根には放射性物質吸収力があるということを聞く。

「田を植えず向日葵蒔かず」は、悟朗の経験だろう。ここに続く「核持たず」には、経験の続きにある自らの意志と態度が明確に示されている。

なずな摘む太陽系のさびしさに

『風車』
平成24（二〇一二）年刊

早春の日射しを浴び、なずなを摘む人の姿が目に浮かぶ。この光景にあって、「太陽系のさびしさに」という表現は人間の五感を凌駕してしまう。しかし地球が太陽系の惑星であることに思い至る。

惑星の命名の由来はわからないし、天文学上の知識もわたくしにはない。ただ「なずな摘む」という地球上の人間の行為の一点があたたかく感じられる。そして宇宙における太陽系の存在が茫漠と思われる。

われ逝くか少年泳ぐ午後の海

『風車』
平成24(二〇一二)年刊

「われ逝くか」というあの世への旅路を示唆する感興と「少年泳ぐ午後の海」が唐突に並んでいる。

しかし何度か読む内に、「われ逝くか」が、次第に午後の海を泳ぐ少年の姿へと重なっていく。この過程において、「われ」と「少年」の時間を超えた一体化を了解することができもする。

記憶の中の少年と作者との出会いが、このような形で果たされているのだろう。

寒星降る新幹線を妨げず

『風車』
平成24(二〇一二)年刊

「寒星降る」の「降る」と「新幹線を妨げず」の「妨げず」との呼応がおもしろい。この言葉の操作によって一句は成立しているのだが、光速と時速の違いを何となく体感できるようなところがある。

そして光年の彼方からきた星の光を浴びている作者の姿と新幹線のスピードやその姿を想像することができる。「寒星」の「寒」により、冴え冴えとした悟朗の気持ちも伝わってくる。新幹線に乗り、窓辺でつくった句だろう。

歓声は沖より来たり風車

『風車』

平成24（二〇一二）年刊

第一句集『風車』の表紙のタイトルには（Kazaguruma）というルビが付されている。

この句には、「風車」の訓読みと音読み、表意文字としての味わいが混在している。「風車《かざぐるま》」からは子供の走る姿が浮かぶ。同時に洋上発電の風車《ふうしゃ》を完成させた従事者の沖からの歓声も聞こえてくる。五七五の内の「かざぐるま」を、目では「ふうしゃ」とも読んでしまうのだ。

クリーンな電力への期待が読者にはある。

# 生前と死後のあいだにＳＬ車

『風車』
平成24（二〇一二）年刊

「生前と死後のあいだ」とは、生きている間と死んだ後のあいだということで、一句の「SL車」は、いわば背景のないゾーンに卒然とある。ただ、明治と大正、昭和五一年頃まで活躍した「SL車」と句中の人物の「生前と死後のあいだ」に通う空気感のようなものが漂う。

生前も死後も高らか陶枕　『山壊史』

生前や死後やふわふわ雪蛍　『少閒』

これら二句には「生前」と「死後」に関わるゾーンの中に「陶枕」、「雪蛍」が端然とある。

少年に天動説の雁渡る

『風車』
平成24（二〇一二）年刊

わたくしたちは、通常地動説の概念を受け入れて生活している。

一句の面白さは、毎日天が動いているという感覚を肯定しているところにある。少年ともなれば、あるいはまだ地動説を知らないかもしれず、「天動説の雁渡る」における少年の視覚、身体感覚の真実味が迫ってくる。

悟朗は、地球の外からの視線を意識することもある。

野に遊ぶ静止衛星から見られ　『風車』

黄落の限りなければ門を閉ず

『風車』
平成24(二〇一二)年刊

一本の静かな木がある。その木には黄落が続いている。この黄落の姿と「門を閉ず」との対照がドラマチックだ。「限りなければ」には、この場を越えた黄落全体を感じている悟朗がいる。このとき「門を閉ず」が鋭い切り口となる。「門を閉ず」によって遮断されたもの、それが何かを語りはじめるのだ。

生涯に辿り着きたる書斎寒

『風車』
平成24(二〇一二)年刊

「書斎寒」とは、体感としての寒さであり、心理上の寒さともいえるだろう。
悟朗にとっての書斎は、科学者として、俳人として歩んできた場所を象徴するものかもしれない。さらに、「書斎寒」という寒さは、家庭の中の居間やキッチンのあたたかさに対抗する感覚とも思われる。このような「書斎寒」に生涯をかけて辿り着き、これを受容する人柄が偲ばれる。

秋風や閉めて書斎に道ひとすじ　『風車』

この卵どんなひよこか卵呑む

『疾走』平成27（二〇一五）年刊
『和田悟朗全句集』所収

95

卵を見ながら、これはどんなひよこになるのかと考えている悟朗がいる。想像のひよこは勝手気ままに動き回るが、ついに卵を呑み込む。

ひよこのイメージと卵を呑む触感とで成り立っている句。何気ない動作の「卵呑む」ではあるが、誰もが頷けるような心の蠢きがある。

卵に想像力を働かせたあとの「卵呑む」には、生物としての人間の哀感もある。

『疾走』は、『風車』以降の作品を収録。単行句集ではなく、『和田悟朗全句集』に収められた第十二句集である。

夏至落暉瞬間に居りわだごろう

『疾走』平成27（二〇一五）年刊
『和田悟朗全句集』所収

「瞬間に居り」は特異な表現だ。だが何となくわかるのは、「夏至落暉」の中に「わだごろう」という名前が刻印されているからだ。「夏至落暉」の「瞬間」へ「わだごろう」を投げ込むことで成される存在証明だ。因みに悟朗は六月十八日生まれだ。

さらに漢字から平仮名、音読みと訓読みの混在には、日本語の面白さがある。

悟朗は、エッセイ集『時空のささやき』で自分の名が詠まれた俳句を紹介している。その中の一句。

冬凪の湾睡たげな和田悟朗　佐藤鬼房

大地かなミネソタコーンと奈良西瓜

『疾走』平成27（二〇一五）年刊
『和田悟朗全句集』所収

「大地かな」が、ここに続くミネソタコーンと奈良西瓜を引き合わせている。ミネソタは昭和三十九年から四十一年まで悟朗が暮らした地、奈良は帰国後の勤務地であり、阪神淡路大震災の後終の住処となった地だ。この句の前に次の二句もある。

雲の峰ミシシピ河と竜田川

油照りニューオーリンズと尼が崎

和名、英語名の野菜や川、地名が魅力的な音律となって深々とした言語空間を展開している。そしてアメリカと日本の風土や地形、作物の姿が端的に伝わってくる。

森を出る過ぎゆく夏のふくらみに

『疾走』平成27（二〇一五）年刊
『和田悟朗全句集』所収

ふくらむように繁った森の夏も過ぎ去ろうとしている。そんな森を出る満ち足りた姿が浮かぶ。しかし「過ぎゆく」には、季節の移ろいに収まり切れない夏の森への想いがある。「ふくらみに」が、森の内と外を覆う心象とも受け取れるのだ。「出る」と「過ぎゆく」の重なりに、この想いの揺蕩があり、心はまだ森の内に在るかのようである。

心身の分かち難い感覚を「夏の森のふくらみ」に託した一句だ。

痛極にあれば宇宙は夏景色

句集未収録

「痛極」は悟朗の造語でそれ故の造型力がある。極には南極、北極があるが、この句には身心の痛みの極地がある。「爆弾をよけたる我に夏景色『即興の山』」にみる京橋駅での空襲体験が、宇宙での夏景色と重なる。最晩年の痛みを「痛極」とした悟朗の言語感覚は強靭だ。

悟朗先生は亡くなる前年、車椅子で「風来」句会に参加された。この句は句会（九月だったと思う）の朝揮毫、会場へ持参され、あみだくじの結果わたくしが戴いた。

うすみの東海道の海しじみ汁

平成二十七年
二月十九日

100

絶筆である。海と東海道と蜆汁が渾然一体となった句だ。「うす味の」は、東海道の海であり、しじみ汁でもある。

神戸一中から一高に進んだ悟朗は生家と東京を行き来する際、東海道線で海を眺めたことだろう。「うす味の」には記憶の海の景と共に「しじみ汁」の優しさがある。

しかし、「海」が五七五の音律を破り、句中に突出している。一句自体は決して薄味ではない。「うす味の東海道の海」のつづきには、地球を覆い人間と切り離すことのできない広大で深い海が広がっている。

# 認識と感覚の立体交差

## はじめに

和田悟朗の俳句には、和田悟朗にしか詠めないと感じさせる世界がある。俳句作家ならばその人にしか創出できない世界を持っているのは当然だ。しかし悟朗俳句はそこに完全に立ち入ることができないという何かを感じさせるものがある。わたくしにとってこの何かは、悟朗の科学者としての認識に由縁する。だがこの感じは、百句を鑑賞してゆく過程で、俳句形式を新たに楽しむことができるような性質のものになっていた気がする。ほんの少しずつではあるが……。このとき、道標となったのが悟朗の「科学と俳句」というエッセイである。

ぼくにはいつしか俳人という肩書がつくようになった。ぼくはしばしば、ぼくにとって自然科学と俳句はどういう関係にあるのか、と人に尋ねられる。科学と俳句は唐突な取り合わせなのだろうか。（中略）共通にいえることは、どちらもまず自分自身を含めた自然に向かって深い好奇心をもち、よく観察し、思惟《しい》する。そしてその中に何物かを発見し、感動し、その感動を冷静正確に表現する。このように考えると、科学の研究と俳句をつくることとは本質的に同じ姿勢であり、相助け合うものであるといえる。

俳句が文学であるかどうかは意見の分かれるところであるが、ぼくは文学であるという立場に立つ。文学の対象には恣意《しい》性があるが、それはいい加減というよりは文学の一回性という必然である。科学の方でも、何に興味の焦点を絞るかという点にやはり恣意的な必然があろう。科学の再現性というのも、単純化した系で近似的にだけ再現可能なのであり、正しくはやはり事象は一回きりしか起こらない。また、思い切っていうなら、科学も俳句もその表現はことごとく比喩《ひゆ》であると思う。

現代俳句文庫3『和田悟朗句集』巻末エッセイ「十滴の水」〈科学と俳句〉
（一九九二年刊）ふらんす堂

このエッセイにある「文学」と「科学」に共通するという姿勢、「文学の一回性」と「科学の再現性」についての見解、とくに「思い切っていうなら、科学も俳句もその表現はことごとく比喩である」というくだりは、わたくしにとって、科学と文学についての思いを新たにするものとなった。今回鑑賞した百句の外にあって、こんな思いの極まった句をいくつか挙げてみる。

うそ寒の水銀玉となりたがる　『七十万年』

水銀という物質に対し、自らの体感や感覚が接ぎ木されている。これは擬人化とは風合いを異にする表現意識、あるいは方法であると感じる。「うそ寒」という季節の共通感覚をベースに、「水銀玉となりたがる」は、水銀も寒くてまるくなるのだという悟朗の体感ともいうべき表現となっている。

死ぬときは水素結合ゆるむなり　『疾走』

死に至るとき水素の結合がゆるむと言われても、またこの認識を理解したからと言って句意を受け止め切ることはできない。だが、最後の句集の一句として読むとき、究極の客観性とでもいうものが、他ならぬ悟朗の内面を通じて提示されているような意味不明の納得が残る。「死ぬとき」という一点、この未知の共通感覚を読者に示すことで俳句性が担保されているようだ。

多時間の林を抜けて春の海　『人間律』

「多時間の林」には木や草、鳥や蛇や昆虫などに流れたそれぞれの時間を感じることができる。そして海は春。この海へと抜ける視界は、海から陸へという生物の進化を逆に辿らされるような感覚を誘引する。「多時間」には厳密な定義があるのだろうが、これを知らずとも文字そのもののイメージが句の中に生きている。

水中に水見えており水見えず　『疾走』

自句自解集に「純粋の水は、可視光線を吸収も反射もしないから、そのままでは見えず、その容器だけしか見えない。きれいな水を見るということは何も見えないということだ」（『シリーズ自句自解Ⅱベスト100　和田悟朗』）と記されている。こう説明されても難しいが、句中の何とも言えない矛盾はこの認識のレベルを超えて面白い。まるで呪文のような一句だ。

**未完の少年像**

和田悟朗には、第一句集から最晩年の作品に至るまで少年を詠んだ句が多い。悟朗ならではの「少年像」について少し触れてみたい。

永遠の少年咲けり堅香子《かたかご》の花　『山懐史』

「永遠の少年咲けり」は不思議な表現だ。だが、堅香子の花が何かを物語っているると感じさせる。ここより次の一首が浮かぶ。

もののふの八十をとめらが汲みまがふ寺井のうへの堅香子の花

大伴家持（万葉集巻十九）

たくさんの乙女たちが水を汲みに来る井戸の傍に堅香子の花が咲き満ちているという、今となっては夢のような家持の歌。悟朗句は、この堅香子の花を意識しているのではないだろうか。そう読むと堅香子の花は古代の時間と空間を呼び寄せ、「八十をとめら」と「永遠の少年」の呼応を現在に浮上させ得る花となる。「永遠の少年」とは、「八十をとめら」が愛でる堅香子の花となって咲きもする存在なのだ。ロマンティシズムとナルシシズムの果にあるような想念が、俳句性を帯びても来る。

犬飛躍空中で少年と契り　『現』

すんなりとは読めないが、犬と少年だからこそ空中で契る何かがあり得るのだ。空中での瞬間の一体感とでもいうべき感覚の揺曳する句だ。一つの読みとして、特攻隊員として戦死した悟朗の友人をこの句の少年と見てはどうか。悟朗自身も、敗戦日前日の京橋駅で空爆に遭遇した。空中経由の惨劇への鎮魂が犬と少年に託されたとも思える一句。

血を見たる少年柿を打たんとし　『現』

「血を見たる」の後に切れを置くと、この叙述と柿を打つという動作との関係に気づく。血が出たから血を見たのだが、少年は果たして柿を打てたのだろうか。血と柿を巡る少年の動作の光芒がいつまでも跡を引く。

少年立ち泳ぐ岬の沖のまもり　『現』
少年の浴びる真水やガラスの胴　『即興の山』

少年を詠んだ句はまだ多くあるが、悟朗にとって少年とは自らの経験や体感を未完のまま表現できる一回性の存在であり、しかも多重性、多様性を存分に顕現し得る対象ではなかったろうか。

貝沈みいるコンクリート少年に無縁の階　『七十万年』
頭頂に飛行機くずれ黒い少年　同
少年の記憶の秋は石舞台　『疾走』

## 第一句集『七十万年』、アメリカ体験について

和田悟朗の俳句は、菟原逸朗の「春めくや物言ふ蛋白質に過ぎず」、「雪ちるやサインはコサインよりかなし」の二句に出合った昭和二十七年頃に始まる。その後、橋閒石、赤尾兜子、高柳重信に出会い、作句活動を続け、昭和三十九年家族四人でアメリカ合衆国ミネアポリスに暮らす。因みに悟朗はミネソタ大学で電子移動反応機構に関する研究をしている。昭和四十二年に帰国し、奈良女子大学理学部の教授となる。『七十万年』は、この間の俳句を収めた第一句集である。序

文を赤尾兜子、跋文を橋閒石が記す。二人は期せずして、悟朗の科学と詩、俳句との相克を期待し、閒石は「科学と詩とは矛盾するものでない。科学の極致は詩的である」とし、兜子は悟朗のアメリカ大陸での風土体験に期待を寄せる。

兜子、閒石の期待について、悟朗は最初の随想集『現代の諷詠』(「俳句的発想の基盤について―外遊の痕跡―」)で次のように記す。

外国を知るということは日本を一層よく知るということであった。これは弁証法的な認識である。(中略)想像以上であったり以下であった誤解から、日本を再発見するおどろきは幾度もあった。日本の風物や社会のあり方が、比較や否定の操作を通して、一そう明確に再発見されたのである。

悟朗の俳句初学の頃は全世界を芸術の分野でも前衛運動が席巻していた。俳句界も例外ではなく俳句形式の新たな表現の可能性を模索していた時代だ。第一句集『七十万年』にもそんな痕跡が濃厚だ。

寒房やわが動かさねば動かぬ壜
死魚が嚙みしむくらき潮の夕焼
漂泊の車軸とならん無限の林
樹下にわかに暗し無我の笛吹き
地下鉄は楽器みどりの席長く

和田悟朗は、アメリカの風土体験を経て新たな俳句の領域を模索しているが、総じてこの間の俳句は破調が多く、日本語に固有のリズム、五七五とは意識的に距離を置いている感じがある。同時に漢語の使用が多い。このプロセスは『現』、『山壊史』、『櫻守』へと続く。

**第五句集『法隆寺伝承』をめぐって**

『法隆寺伝承』は、自宅の神戸から二十年間仕事で通った奈良への想いを込めた書き下ろし第六句集。アメリカから帰国後勤めた奈良女子大学を退官した昭和六十二年の刊行である。句集のあとがきで、神戸と奈良の往復は近代と古代の往復のようだったと悟朗は述懐する。そして退官を機に法隆寺へ通い詰めた。悟朗と法隆寺との直接的な出合いは、某百貨店での「法隆寺展」だという。しかし悟朗の家はもともと法隆寺の百萬塔を所有していて少年時代百萬塔で遊んだこと、母方のルーツが大和であることなどが記されている。悟朗はこの自身の記憶と感覚をもって法隆寺へと足を踏み入れるが、「伝承」という響きをもって自らのトポスを暗示してもいる。

救世《くせ》のこと深く願いつ花辛夷

夢殿におのれを見付け涼しさよ

菜の花や法輪法起法隆寺

これらの句の表情はやさしい。日常の続きにある「法隆寺」なのだ。ここには、日本の古代との出合いを喜んでいる悟朗がいる。これはアメリカ大陸の風土を経験することで得たという「弁証法的な認識」の具現の一つの姿だろうか。さらに

『法隆寺伝承』での古代への探検は、心の深層領域へのアプローチとも言えよう。悟朗は法隆寺という大陸異文化、中国経由の伽藍や仏像に対する日本人固有の受容から成る次元、トポスとでもいうべきものを体感したのではないか。この後、『少閒』、『即興の山』、『坐忘』、『人間律』を刊行する。『即興の山』上梓の平成八年年頭に阪神淡路大震災で自宅全壊となり、奈良の生駒市へと移り住む。

## 『風車』、『疾走』の頃

悟朗は、平成二十一年代表をつとめていた「白燕」終刊号を発行。平成二十二年、季刊同人誌「風来」を八十七歳で創刊する。その二年後に第十一句集『風車』を刊行、第六十四回読売文学賞（詩歌俳句賞）を受賞。

日輪は春の軌道を怡《たの》しみて
戦争をせぬ国なれば平泳ぎ
八十を越ゆれば宇宙あたたかし

「軌道」、「戦争」、「宇宙」など認識の中にあるものが、自身の五感の内に統合され俳句となっている。戦争を体験し、戦後の思潮を潜り、専門分野での研究と俳句を続けてきた悟朗は、本句集のあとがきで、「むしろ、私は自然に対する古い主観が好きだ。同じように、〈宇宙〉を表現するのに用いられる〈時間〉や〈空間〉という言葉も、正確な物理的定義に依るのではなく、私はこれらを主観的な意識として感じているに過ぎない」と記す。悟朗最晩年の透明な自己というべきものが感じられる文章だ。

ゴッホひまわりＬＥＤの青に和す　『疾走』

永劫や水に字を書く水澄まし　同

いくたびも水に字を書く震災忌　同

西宮での「風来」句会の帰り、雨がポツンと降ったので慌てて傘を広げると、悟朗先生は「僕はまだこれを雨と認めないよ」と微笑の内に呟いた。それでわたくしはゆっくり傘を畳み、不思議な満足感の内に駅まで歩いた。

## 「和田悟朗の百句」抄出句集

『七十万年』昭和四十三年（1968）八月十五日発行（俳句評論社）
『現』（うつし）昭和五十二年（1977）六月十八日発行（ぬ書房）
『山壊史』昭和五十六年（1981）一月二十五日発行（俳句研究新社）
『諸葛菜』昭和五十八年（1983）一月三十日発行（現代俳句協会）
『櫻守』昭和五十九年（1984）十月十五日発行（書肆季節社）
『法隆寺伝承』昭和六十二年（1987）一月二十二日発行（沖積舎）
『少閒』平成五年（1993）七月三十日発行（沖積舎）
『即興の山』平成八年（1996）五月三十一日発行（梅里書房）
『坐忘』平成十三年（2001）一月二十五日発行（花神社）
『舎密祭』愛蔵文庫判自解句集⑭平成十五年（2003）三月三十一日発行（梅里書房）
『人間律』平成十七年（2005）八月三十日発行（ふらんす堂）
『風車』平成二十四年（2012）三月二十五日発行（角川書店）
『和田悟朗全句集』平成二十七年（2015）六月十八日発行（飯塚書店）

## 文中の引用句及び万葉歌・エッセイ集

『赤尾兜子の世界』和田悟朗編著　平成三年（1991）三月十五日発行（梅里書房）
「和田悟朗の百句」及び「認識と感覚の立体交差」中の三つの万葉歌の引用は『万葉集』（下）
　桜井満訳注・現代語訳対照（旺文社文庫）による。
エッセイ集『時空のささやき』平成二十三年（2011）二月二十二日発行（ふらんす堂）

## 「認識と感覚の立体交差」引用文献

『現代の諷詠』昭和六十年（1985）二月二十日発行（湯川書房）
『シリーズ自句自解Ⅱベスト100　和田悟朗』平成二十七年（2015）十月十日発行（ふらんす堂）

## 初句索引

### あ行



### か行



### さ行

# 季語索引

## 著者略歴

森澤　程（もりさわ・てい）本名　相馬悦子

1950年　長野県生
1995年　「花曜」入会。鈴木六林男に師事
2005年　「花曜」終刊
2006年　「光芒」（久保純夫代表）創刊同人
　　　　第一句集『インディゴ・ブルー』刊行
2008年　「光芒」終刊
2010年　「風来」（和田悟朗代表）創刊同人
　　　　『21世紀俳句パースペクティブ』参加
　　　　（現代俳句協会編）
2015年　「風来」終刊
2016年　第二句集『プレイ・オブ・カラー』刊行

現在「藍」（花谷　清主宰）所属
現代俳句協会会員

現住所　〒634-0051
　　　　奈良県橿原市白橿町2丁目2-24-9 相馬方

発　行　二〇二三年一二月一日　初版発行
著　者　森澤　程© Tei Morisawa
発行人　山岡喜美子
発行所　ふらんす堂
〒182-0002　東京都調布市仙川町一―一五―三八―2F
TEL（〇三）三三二六―九〇六一　FAX（〇三）三三二六―六九一九
URL　http://furansudo.com/　E-mail　info@furansudo.com

# 和田悟朗の百句

振　替　〇〇一七〇―一―一八四一七三
装　丁　和　兎
印刷所　創栄図書印刷株式会社
製本所　創栄図書印刷株式会社
定　価＝本体一五〇〇円＋税
ISBN978-4-7814-1575-8　C0095　¥1500E